바람의 뼈를 읽다

진순분

경기 수원에서 출생했다. 1990년《경인일보》신춘문예 시조 당선, 1991년〈문학예술〉시 부문 신인상 당선, 1993년〈한국시조〉신인상을 당선했으며, 시조시학상 본상, 한국시학상, 수원문학작품상, 경기문학인상 등 수상했다. 방송대 경기지역대학 문예창작동아리 강사를 역임했으며, 현재 경기평생교육학습관 문예창작 강사, 한국시조시인협회 이사, 한국문인협회 회원, 국제PEN 한국본부 이사겸 여성작가위원회 위원, 경기시인협회, 수원문인협회 시조분과위원장, 계간〈시조시학〉편집위원으로 활동하고 있으며, 시집으로『안개꽃 은유』·『시간의 세포』가 있다.

● E-mail pure-chin@hanmail.net

한국정형시 005

바람의 뼈를 읽다
ⓒ 진순분, 2014

1판 1쇄 인쇄 | 2014년 11월 10일
1판 1쇄 발행 | 2014년 11월 20일

지 은 이 | 진순분
펴 낸 이 | 이영희
펴 낸 곳 | 이미지북
출판등록 | 제2-2795호(1999. 4. 10)
주   소 | 서울 강남구 논현로113길 13(논현동) 우창빌딩 202호
대표전화 | 02-483-7025, 팩시밀리 : 02-483-3213
e-mail | ibook99@naver.com

ISBN 978-89-89224-27-3 03810

이 도서의 국립중앙도서관 출판예정도서목록(CIP)은 서지정보유통지원시스템 홈페이지(http://seoji.nl.go.kr)와 국가자료공동목록시스템(http://www.nl.go.kr/kolisnet)에서 이용하실 수 있습니다.(CIP제어번호 : CIP2014032052)

한국정형시 005 ● 진순분 시조집

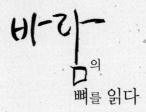

바람의
뼈를 읽다

이미지북

살아가는 일은 마냥 바람 부는 날……. 아직도 허기진 채 고픈 말을 품고서 참말을 찾아 헤매는 것은 마음속 詩의 거울을 덜 닦은 탓이리라.

이 가을 하늘이 눈부시게 맑은 것은 생각 비워 마음 비추는 까닭일진대 사유를 맑게 닦아내어 나를 찾는 일, 그 안에 오롯이 빛나는 시조 한 줄…….

이 길은 참으로 멀고 아득하다.

나이 들수록 그리워지는 부모님. 한 분은 오래 전에 하늘로 가시고, 한 분은 멀리 남도 땅에 계시니…… 맨 처음 숨결을 불어넣어 주시고, 햇살과 꽃, 별과 달, 詩가 되어주신 부모님!

사무치는 불효에 이 시집을 바칩니다.

—2014년 가을에

바 람 의 뼈 를 읽 다

제2부 | 불면을 해체하다

제 3 부 ㅣ 단 풍 나 무 설 법

제 4 부 | 궁평리 노을

제1부
사람의 꽃

새벽 별빛

누군가의 아픔처럼 어둠을 벼리는 별빛

세상 꽃눈 다 틔우고 홀로 열매 맺히도록

죽도록

산다는 것은

혼신으로 빛나는 것

누더기 詩

1
차라리 죽음 같은 불면의 강을 건너

이승 끝 다다르면 다 태워낼 수 있을까

꼿꼿한 자존의 뼈대 세울 수가 있을까

2
가슴 속 울컥울컥 시시때때 치밀 때면

뜨거운 선지 같은 열정의 꽃 피워 올려

그 많은 언어를 골라 집 한 채를 짓는다

3
엉성한 감성으로 깁고 또 기우다가

밤새운 남루한 몰골 행간 속 잠이 들 때

백지에 오롯이 남은

목숨 같은 그 시 한 줄

그 무엇도 채우지 못한 공허한 내 말 잔치

아직도 못 다한 노래 하늘땅에 가득할 뿐

한 영혼 누더기의 시

또 설산을 오른다

벽

하루가 기진맥진 시간은 지지부진

의식의 폐허 속엔 자꾸만 폭설 쌓이고

예리한 감성의 적요 속

북풍이 불어온다

초점 잃은 그 어둠이 마구 곤두박질하고

캄캄한 벽 앞에 선 난타당한 강한 열망

두 눈을 부릅뜨고 있다

그 눈빛이 차디차다

벽·2

더 이상
무너지지 않는
견고한 이 평행선

우리 목숨 다하도록
믿음으로 바라보며

청빈한
예감에 닿는
상대성 절망의 벽

사람의 꽃

광교산 오솔길에서 가끔씩 만나는 얼굴

뇌졸중 젊은 아내를 부축하며 걷는 남편

명치 끝 애이불비哀而不悲는 먼 산으로 비껴놓고

고행하듯 순례하듯 가는 길 느리지만

따뜻한 차 한 잔을 먹여주며 미소 지을 때

낮달도 그냥 멋쩍어 나무숲에 숨어 본다

가야 할 산봉우리는 아직 멀고 험한데

사랑을 다 주고도 모자라서 안타까운

그 마음 웅숭깊은 곳 저 숭고한 사람의 꽃

가을 소나타

출렁이던 욕망도 낙엽의 음표로 구르면
문득 세상으로부터 혼자이고 싶습니다
저물녘 노을빛 피멍
깊어지고 있습니다

한 옥타브 더 낮아진 다감한 목소리도
마른 살갗 부비는 빈들의 가을 소나타
세포를 깨우는 소리
오랜 상심 텁니다

가을을 지나다

차 한 모금 입에 담고 바라보면 깊은 노을
단풍이 타오르듯 가슴에도 밀물져 오면
사람아,
한 잎 낙엽도
흔들리다 떨어진다

저 눈부신 타오름도 생의 절반 넘어서고
억새꽃 가을 들녘 은빛 만조가 될 때
떠나라,
참을 수 없는
눈물들을 다 버리고

하늬바람 서성이다

처음부터 예감으로 와 닿던 하늬바람
한쪽으로만 불어오는 그리움은 아름답다
아득한 참으로 멀고 먼
생애의 꿈일지라도

떨리는 속마음까지 비우고 또 비워내도
촉수마다 감전되는 무채색 뜨거운 전율
순간의 눈빛만으로
묻고 싶던 그대 안부

미세한 신경의 올 댓잎처럼 돋아 나와
떠난 듯 만난 듯한 소중한 이 기억들
다지고 삭인 너에게
네게로만 부는 바람

문득, 삶이 아름답네

포장마차 젊은 연인들

알전구 불빛 아래

밍밍한 국수 맛에도

호로록 넘기는 소리

마주친

순간의 눈빛,

문득 삶이 아름답네

영원과 하루[*]

뜨거운 지중해 섬 맞닥뜨린 추억 한 편
영원을 하루같이 죽은 아내와 늙은 시인
마지막 죽음 앞에서 찾아 나선 모국어

끝까지 찾아 헤매던 불멸의 은빛 시어
자신의 일상 속에 살던 것 깨달았을 때
행복은 가까운 곳에 또한 함께 있음을

다시금 해가 지면 영원인 섬의 시간
삶의 안쪽 모든 것 벼리고 벼리다가
비로소 한 줄의 시어 목이 붉은 서녘이다

[*]영화 〈영원과 하루〉. 1998년 칸영화제 황금종려상 수상작.

그리운 안부

아버지, 지구의 끝 보이지 않는 곳에서
내게로 그리운 화살 쏘아 올릴 때
이승은 눈물의 절반
비가 되어 내립니다

철 이른 진달래꽃 눈부시게 피었는데
오면 가면 티끌처럼 사연이 너무 많아
먹먹한 그 짧은 생에
눈물 편지 띄웁니다

목숨
—어머니

당신의 맨 처음인
나는 숨결, 눈물, 미소,

눈부신 햇살처럼
피어나는 눈물 꽃,

모든 것
다 내주고도
평생 바친 마음 전체

혈관을 도는 이름 하나
피 닳고 살이 마르고

다 닳고 해진 육신
한 줌 흙이 될 때까지

끝끝내
못 놓은 사랑
내 안을 밝힌 등불

아름다운 고뇌·8

구름이 벗어시네요

막막하던 하늘에

별빛이 내려오네요

이 길 밤새 걸어가면

어머니!

닿을 수 있을까요?

아버지의

먼 나라

냉이꽃

들녘에 지천이던

풀뿌리죽 쑤어 먹고

꽃대궁으로 채운 허기

꽃잎처럼 흔들릴 때

어머니

골진 이마에

푸른 별이

떨어졌다

포구에서

이끼 슬은 고깃배들이 하나 둘 들어왔다
막소금 눈발들이 바다에 투신할 때
목도꾼 거친 숨소리
군살처럼 박힌다

바위 틈 해초더미 불면도 부려 놓고
선창 비린내 품은 찬 바다에 서면
푸르다 저 만선의 꿈,
또 출항할 이 아침이

영혼의 눈

광교산 중턱에서 자주 만난 그 노부부
풍경은 볼 수 없어 귀엣말로 읽는 그림
꼭 잡은 아내의 손이
오늘도 산 오른다

천천히 걷다 쉬다 차 한 잔 나눠 마시는
눈 뜨고도 앞 못 보는 애절한 눈빛 가슴
영혼의 눈 깊고 깊다,
시리도록 눈부시다

햇살로 얼굴 씻고 산을 보는 마음처럼
그 마음 닿은 지층 꽃 피워 문 하늘에
초월한 삶을 보는 눈
온 세상이 다 환하다

제 2 부
불면을 해체하다

소금꽃 羽化를 꿈꾸며 오래된 희망 불면을 해체하다 바람의 뼈를 읽다 부재 혹은 공존 한계령에 들다 새벽비 와우리 공동묘지에서 공복 사는 일 돌 울음 詩 쓸 거 많다 빈들 21세기 고독 그믐달 디오게네스

소금꽃

햇살이 마냥 좋은 날
다시 깨어나는 일
섣부른 자유보다는
차라리 깜박 혼절해
서서히 서려오는 꽃
무더기로
피는 꽃

카랑하게 가라앉은
내 생의 소금기여
시간의 혓바닥이
마지막 갈라질 때
새하얀 눈꽃 결정체
눈물겹게
피어난다

羽化를 꿈꾸며

아직도 얼마만큼 견디고 견뎌야만

어깨 위 이 무게를 다 벗을 수 있을까

얼마나 지우고 나야 이름 하나 얻을까

속절없이 일렁이던 시간의 뼈다귀여

세상에 남아 있던 남루한 옷을 벗고

벼랑 위 날 버린 찰나 은빛 날개 돋아난다

오래된 희망

아무리 높고 높은

험준한 산봉우리도

산맥 아래서부터

첫 걸음이 시작되듯

먼 산이

아름다운 것은

오를 수 있는 희망 때문

불면을 해체하다

포복하는 어둠 위로 또 혈압은 하강한다

밤이 깊어갈수록 초침 소리 높아가고

고요 속 미세한 울림

강물 되어 흐른다

창백한 내 노래는 이 밤을 치유할까

홀로 깬 꼿꼿한 감성 흰 뼈로 다시 서서

새벽이 유예된 시간

불면 하나 해체하다

바람의 뼈를 읽다

바람 숲은 한꺼번에 일어서고 눕습니다
그예 관절이 꺾이는 아픔이 보입니다
그 어느 마음 한 편이 바람의 뼈 읽습니다

더는 슬플 것도 괴로울 것도 없다는 듯
숲에서 빠져나온 천년의 맑은 바람
햇살들 자맥질하는 계곡물을 만납니다

청빈한 마음처럼 거위눈별 떠오르고
세상은 뜨거움만으로 사는 것은 아닌 것
촘촘한 생의 잎사귀에 단풍물이 듭니다

살아가는 일은 마냥 바람 부는 날입니다
낮은 데로 흐르는 마음들이 환해집니다
빈손이 은유를 모아 바람꽃을 피웁니다

부재 혹은 공존

먼 시간 속에 머문
아픈 몽혼 하나

저물면 가 닿을 섬
부재 혹은 공존 사이

창백한
그 영혼 하나가
공기처럼
떠
돈
다

한계령에 들다

처절한 바람을 키운 큰 산 외로움이

귀때기 새파랗게 걸터앉은 산봉우리

천지는 온통 꽃인데

늦골 사이 바람이 분다

한 굽이 휘어 감는 첩첩산중 기암괴벽

떠나지도 머물지도 못하는 그 바람 속

한계령, 해묵은 그리움

비로소 너를 본다

새벽비

고요, 그 섬허한 순간
어둠을 몰고 오는 새벽

먼 곳에서 오는 소식
혼자라서 더 오롯한

불현듯 빗소리 하나
앞산 깨우며 오네

사근사근 오시는 비
꽃잎이 필 듯 말 듯

무중력 끌어당긴
목숨의 뼈 깨이고

채워도 텅 비어 있는
흔적 없는 저 풍경화

와우리 공동묘지에서

이제 손잡을 수 없는 이승의 진눈깨비
무형의 그 기억에 술을 한 잔 부었네
한 평의 땅에 묻힌 일생
그 오래된 당신 위해

바람이 불 때마다 촛불은 또 꺼지고
애타게 부르는 듯 가슴 찢는 저 까마귀
허공을 떠도는 울음
이 봄날을 다 지운다

뼈와 살 한 줌 흙에 풀잎은 다시 돋아
그 얼굴 어제인 듯 다시 뵈는 속죄의 날
아버지 환한 말씀이
햇살 되어 오시네

공복

동 트기 전 더 고요한 미명의 이 시간에

찻물을 우려 놓고 왔던 길을 물으며

공복을 다스린 채로

새벽 경전 읽는다

사는 일

씨 뿌려 싹 틔우고

물 주고 거름 주어

꽃 한 송이 피워내고

제 몸 비워 떨어지는

나뭇잎

생의 한순간

고요한 미완의 길

돌 울음

번갯빛 스며 있다

네 심장 정수리에

천둥소리 갇혀 있다

폭풍우 휩쓸고 간 후

그 울음

화석이 된다

깊어서 듣지 못하는

詩 쓸 거 많다

남도 땅 고창으로 전원생활 떠나신 날

먼 시골 노모 생각에 눈시울 붉어질 때

어머니 큰딸 보듬어 꿈결로 오시었네

풋고추 택배상자 속 따 넣으신 단감 몇 개

마음에 앉혀 놓고 그림인 듯 바라보면

한 번도 허리 펴지 못한 우직한 삶 보였네

산수 좋고 공기 맑아 지내기 좋다는 곳

날마다 예쁜 새들 청량하게 운다는데

"큰애야, 어서 오너라 여기는 詩 쓸 거 많다"

빈들

망초꽃 다 이울고
풀벌레도 사라진 때

적막처럼 잦아드는
가슴 속 애태우던 일

저승꽃
홀씨 눈 뜨면
빈 들녘을 서성인다

이제는 숨 고르듯
순하게 엎드린 들녘

해거름 가을 억새
노을빛으로 빛날 뿐

비어서
가득한 충만
뼛속까지 으늑하다

21세기 고독

까닭 없이 쫓기던 허리 결린 일상에서 오금 저린 생각이 파행으로 물결치며 끝까지 탈주했지만 끈질기게 쫓아왔어

우리 3막 5장의 무대는 막이 내리고 연극 속 주인공은 어디론가 행방불명 중 늦은 밤 텅 빈 객석만 진을 치고 있었어

이따금 천둥 번개 가슴 밟고 지나가고 돌아누운 산 능선엔 서로 다른 공백의 숨결 낯 설은 현실이 숨어 흐느끼고 있었어

그믐달

애당초
구름이나 떠돌이별도 못된 채
살과 뼈를 깎는 찰나의 그 가슴이었나

얼마나 외로움 깊어
천 길 벼랑 되었나

그리움이면
차마 말 못할 이 목메임
닿을 수 없어 끝내 바라만 보는 거리만큼

눈물을 가슴에 묻는
못난 詩가 되었나

디오게네스

벌거벗은 몸으로 겨울 햇살 쬐는 남자

나무통 속 살아가며 퀴온이라 불리었던

그대는 푸르른 賢者 누더기 옷 눈부시다

욕망을 벗을수록 깨달음에 이르는가

오늘 한 점 맑은 햇살 무소유의 향기 같은

진정한 디오게네스는 이 땅 어디 있는가

훤한 대낮 등불 켜고 거리를 헤매이듯

몸 낮춰 어둠 밝힐 그가 그리운 지금

잊혀진 꿈이 자라고 한 시대의 새가 난다

제 3 부
단풍나무 설법

산, 화두   소금 해일   폭죽   제부도 밤 파도   저 산이 내게   봄   신록을 보며   단풍나무 설법   저문 들녘에서   시 한 줄 짊어지고   다시 운문사에서   호박보살   따스한 순간   겨울 용화사   佛影寺에서   반딧불이를 기다리며   따스함에 대하여

산, 화두

살아 천 년 죽어 천 년 주목 숲길 걸을 때
산이 묻고 또 묻는다
비웠느냐, 다 비웠느냐
정상은 죽어도 산 듯 다 떨구고 평온하다

무거운 마음의 짐 내려놓고 산 내려올 때
온전히 다 버렸느냐
모든 것 놓았느냐
돌 하나 풀 한 포기도 놓지 못해 서성인다

비우고 버리기 위해 힘들게 산 오르듯
절박한 묵언 기도
내가 나를 찾는 길
가슴 속 붉은 속울음 화두 하나 내던진다

소금 해일

방금 지나온 길이 무심히 무너진다
순간에 불어 닥친 무모한 회오리바람

절망은 켜켜이 쌓여
뻘밭 가슴 드러낸다

미생물 푸른 목숨 죽음의 표피까지
짜디짠 소금으로 빛나는 그리움 끝

우리들 슬픔의 빙벽
한 바다로 지워진다

폭죽

찰나의 불꽃으로

캄캄히 귀 먹도록

살아 있는 축복으로

뜨겁게 두 눈 멀고

황홀히

타오르고 싶다

한 생애에 단 한 번

제부도 밤 파도

그믐 바다 일렬횡대로 흰 꽃이 만발합니다

순간의 생성과 소멸 눈부셔 가슴 저린데

일시에 터진 아우성 바위 되어 섰습니다

바닷길 물길이던 온몸의 상처 숨기고

가슴 쩍쩍 갈라져 날 선 파도 거품 물 때

억수로 밀물진 가슴 별이 총총 박힙니다

저 산이 내게

오늘은 저 산이 내게 함께 울자 한다

참았던 그 속울음 산에 다 쏟아내고

에돌던

그 마음 밝혀

참꽃노을 닮자 한다

봄

천지간의 아픔으로 그렇게 봄은 온다

몸살 난 햇발들이 열병을 앓고 난 후

저토록 해맑은 눈빛 새 이파리 열고 있다

그 초록들 숨 고르며 대문 밀고 들어올 때

얼었던 가슴에 뜨거운 피 돌게 하고

누군가 푸른 기도로 그에 봄은 다시 왔다

신록을 보며

제 몸 다 사르고도 제가 선 땅 떠나지 못한
보내지 않아도 될 푸른 하늘 떠나보낸
그리움 끝없는 직립
속살까지 앓는 통증

뼈가 타는 아픔에도 황홀한 추억 포박되고
속눈썹에 젖어드는 물안개로 흔들리는 삶
내 안에 살아 숨쉬는
피와 맥박 소리와 빛

천지가 개벽하고 다시 또 개벽해도
주체 못할 푸른 햇살 아, 어쩌란 말이냐
뒤엉켜 온통 빛나는
외곬의 슬픈 꿈을.

단풍나무 설법

산맥들 면벽하는 늦가을 문수사 숲길
하늘이 키워내던 때깔 좋은 애기단풍
소슬한 바람이 불 때
빈 몸임을
알았네

제 몸을 덜어내고 수액마저 비워내면
단풍 쌓인 길 지우며 무위가 되는 눈물
살아서 가벼움이란
모든 것을
내려놓는 일

저문 들녘에서

온통 지쳐 누워버린 저문 들판을 보라
어느새 어둠들은 몸으로 길을 내고
스스로 몸 밝힌 별빛
하나 둘 투신하는

쓸쓸하다 가슴치고 외롭다 눈물짓는
뼛속 깊이 불어오는 맑은 바람 한 점
땅 속의 잠든 생명들
다독이며 떠나가고

풀뿌리 흙덩이 속 깊이 잠든 무한 시간
끝없이 높고 깊은 경전을 읽어 내듯
비어서 더 아름다운
말씀들이 모여 있다

시 한 줄 짊어지고

차 한 잔 마주하며

먼 산을 바라본다

갈잎으로 앉는 마음

범종소리 산 오를 때

삶 하나

적멸에 든다

시 한 줄 짊어지고

다시 운문사에서

청도 땅 들어서면서 자꾸 길을 놓쳤다

숨은 듯 천년고찰 깊은 고뇌 헤다 못해

몸 낮춘 처진 소나무 이 가을을 수행 중

구름의 문 앞에서 한 사람이 서성인 채

불이문 앞에 두고 들어갈까 나아갈까

운문사 참 맑은 독경 가슴으로 듣는다

호박보살

가을 숲 끝난 곳에 산사가 앉아 있다
깊은 계곡 물소리는 천수경을 외고 있고
제 먼저 단풍 든 마음
풍경소리를
울린다

적막한 대웅전엔 달빛 가득 경계가 없고
허리 굽혀 몸 낮추고 마음까지 낮아질 때
보였다, 가부좌를 튼
풀섶 늙은
호박보살

따스한 순간

1

동안거에 들어 있던 먼 산이며 저 샛강이
봄물을 퍼 올리며 푸른 입김 내뿜을 때
내 마음 탁발승 되어 구원의 길을 간다

2

살과 뼈 발라 낸 목숨 마침내 흙이 되듯
한순간 살아 있는 미물임을 깨달을 때
그대로 고개를 숙여 큰절을 올리고 싶다

3

고된 삶의 굽이굽이 별빛 같은 노모 말씀
'궂은 날 맑은 날도 다 지나간다'는 그 말
눈부처 눈물 꽃 반짝 눈발 되어 내린다

겨울 용화사

눈 덮인 산 아래
그림 같은 용화사
적막 한 채 짊어지고
동안거에 들었을까
빈 법당 저 풍경소리
하마 산을 깨웠을까

그저 발길 닿는 대로
무슨 일로 왔는지
이유를 묻지 않고
죄 또한 불문인 곳
누군가 마음 문 열고
햇살 한 짐 지고 온다

佛影寺에서

오늘 저 하늘이 눈부시게 맑은 까닭은

생각 비워 마음 비추는 사람들 있음일까

부처님 그림자까지 맑게 떠오른 불영사

계곡물에 손 담그며 돌 위에 앉아 보면

오래 전 떠나보낸 그리운 것 살아오고

하늘에 몸 맡긴 소나무 한 채 서 있다

산사 어둠을 깨운 만등의 달 떠오를 때

초승달 마음으로 비춰본 적 있었는가

저 심연 화두 하나가 끌어안는 저 산그늘

반딧불이를 기다리며

우리가 수없이 버리고 온 삶의 찌꺼기
긴 세월 찌든 때를 거울처럼 닦아내면
오래된 시간을 건너
반딧불이 날아온다

차 없는 거리마다 막힌 혈관 뚫어지듯
자전거 바퀴살에 초록 신호등 켜지면
시냇가 버들치 살고 청개구리 뛰는 못물

싱싱한 아가미로 산맥들이 숨 쉬는 날
호수엔 달빛 헹구는 소리, 소쩍새 우는 소리
우리 삶 푸르른 심호흡
온누리가 싱그럽다

따스함에 대하여

호숫가 청둥오리 떼 제 집으로 돌아가는

낮은 창가 떠오른 초승달이 졸고 있는 밤

늦도록 책장 넘기며

행간 읽는 이 마음에

때론 안개 내리듯 지치고 고단한 나날도

가족의 이름들이 별을 다는 작은 그 집

두레상 보글보글 끓는

몇 그램 향기 따스한

제 4 부
궁펑리 노을

가로수 느티에게

가로수 느티나무 시원한 그늘 주고
까치며 참새 떼들 오다가다 쉬어갈 때
보았다, 나무등치 밑 보도블록 불룩한 것

뿌리의 깊이만큼 관절염도 깊어지고
어느 하루도 발 못 뻗고 자는 긴 밤
저 하늘 이불을 펴고 별빛마저 몸져눕다

시멘트길 풀 한 포기 공해에 숨 막히고
가르릉 가래 끓고 열병 앓는 이 땅의 폐
도심 속 저 오체투지 하늘 향해 눈 뜬다

섬, 그 먹먹한

아득히 먼 수평선 해무에 포박되고
그 바다 주어를 잃은 채 섬에 닿을 때
그대로 느낌표입니다
가슴까지
먹먹한

끝내 다스리지 못한 그 하늘 맞닿은 곳
뜨거운 관능의 햇살 무방비로 쏟아집니다
내 안에 말없음표로
섬 하나가
뜹니다

갈대

가슴이 메말랐다고 꿈이 없는 건 아니다
한마을 모여 사는 직립의 저 갈대들
바람이 부는 쪽으로 몸 맡긴 채 살아간다

영근 햇빛 거느리고 서로의 몸 비비며
세상 그 너머에 더불어 사는 공동운명체
온몸을 꼭 껴안은 채 가슴으로 듣는 노래

이저승 그 경계에 꼿꼿이 몸 세우고
결코 흔들리지 않는 눈물겨운 시공의 꿈
눈물이 메말랐다고 꿈을 버린 건 아니다

겨울 바다

그날 수천수만의 새떼가 날아오르고
파도는 소리치며 밀려가고 돌아오고
하늘과 하나가 되는
저 원시의 겨울 바다

갈대밭 구름머리 활활 불 질러놓고
순은 빛 격정의 삶 한 겹씩 벗겨 내고
현실 속 모든 것 묻고
소리가 섬이 된 목숨

마침내 피맺힌 절규 바위에 부딪쳐
처절히 나부끼며 울음이 새가 될 때
망연한 수평선이여
눈보라로 진 허무의

궁평리 노을

돌아보면 내 생애에 한 번이라도 있었던가

저토록 타오르는 선홍 핏빛 낭자한 생

뜨거운 수평선 입술

그새 숨이 넘어간다

괜찮아, 눈물 나도록 한 바다 어루다가

명치 끝 슬픔처럼 저 바다 눈물 두고

먹먹한 궁평리 노을

등불 켜듯 지고 있다

나무와 바람

새벽빛 눈 비비는 이른 산길을 오르면

소나무 노간주며 상수리 그대로 서 있고

여름 숲 새 울음소리 어제처럼 들린다

지난밤 비바람에 저 나뭇가지 다치지 않고

산 하나를 또 울리는 더 맑은 새소리들

이렇게 아무 일 없이 살아있음이 고맙구나

날마다 전하지 못한 세상의 아침 안부

그것은 산에 사는 나무와 바람 같은 일

이 하루 일과를 접는 노을이 더 환하다

안개 여행

안개 피어오르는 아침 샛강 나가 보면

물총새 날갯짓에 흔들리는 초록 물빛

아득한 시간을 따라 한 풍경이 살아난다

안개 속 떠나는 길 우련 생각을 잃는다

말 없어도 그 마음 알 듯 정지된 문장 하나

먼 산이 내려와 앉아 깊은 강을 깨운다

滿月

감춰진 설렘이란

저토록 아름다운 것

숨도 쉴 수 없을 만큼

저토록 치명적인 것

먼발치

바라만 보는

백치 같은 내 사랑

열사흘 달빛

초저녁 호수에서

뽀얀 속살 부풀리다

어느새 저문 산 위로

열사흘 달 떠오른다

둥두렷

저 파안대소

동자승의 말간 볼

입춘 무렵

어느새 얼음 깨고 봄빛 풀린 강가에서

청둥오리 어린 새끼 놀고 있는 이른 아침

강심은 풀리지 않는 관계처럼 흐르네

버들가지 새 연둣빛 보일 듯 우련하고

이제 저 햇살 아래 봄풀이 푸르러 오면

가슴에 묻어둔 안부 봄눈처럼 내리겠네

가파도

그렇다, 여기선 무작정 길을 잃고 싶다
신들의 섬 탐라국 섬 속의 섬 가파도에선
청남 빛 벅찬 물결이 가슴으로 흐르고

현무암 벼랑 두고 파도에 노을 내리면
뭍으로 간 사람이 더욱 더 그리워져
봄 바다 뼛속까지도 일렁이는 푸른 영혼

그 눈 속에 달이 뜨고 술잔에도 달이 뜨면
기쁜 일 슬픈 일도 한낱 파도소리일 뿐
한밤 내 바람을 키워 한 파도를 일으킨다

애월 바다에 와서

저 물빛
바다 깊이
뼛속까지 아름다운

애월 바다
詩 한 구절
해일로 일어서고

상처도
달빛을 품고
둥글어진
내 마음

저물녘 비는

도시의 네온사인 술 취한 저물녘 거리
자동차 불빛 속에 빗방울이 투신할 때
뒷골목 선술집 풍경
점액질로 젖어든다

비릿한 초경 같은 차마 눈 뜨고 볼 수 없는
미움 한 자락 받쳐든 저 눈물의 형이상학
아파라 무심한 추억
몇 번 더 비 내리고

오늘 밤 산성비에 관절 꺾이는 소리
이윽고 떠돌다가 쓰러지는 나를 향해
빗물은 범람한 채로
강물 되어 흐른다

噴水

응집된 푸른 삶이
빛의 돌파구 찾아
천 갈래 만 갈래로
찢어지는 아픔일지라도
단 한 번 찬란함 위해
솟구치고 싶은 욕망

더는 기다릴 수 없어
목숨을 터트린 채
햇살로 부서지며
산화하는 너 분수여
일제히 곤두박질하는
함성,
함성,
함성들

서리꽃

밤하늘 별들은 왜 날마다 눈물을 머금는가

감춘 내면은 왜 깊은 곳에서 상처로 빛나는가

고통이
차·고·맑·아·서

순백으로
얼어붙은

달항아리

그 누가 저 달 한 채 마음에 앉혀 놓았나
그 누가 저 달무리 가슴에 풀어 놓았나
그윽한 떨림의 살결,
깊고 깊은 당신 밀물

하늘이 내려오고 산그늘 올라가면
해 지고 먼 산 위로 보름달 뜨는 밤
뜨겁던 열망을 안고 절정으로 삭이는

붉은 꽃잎 버는 순간 곧 눈이 멀어버릴 듯
더는 숨 쉴 수 없어 살도 뼈도 다 녹은 뒤
비어서 더 맑은 울림
온 몸으로 품은 달

물병자리별

그믐밤 달을 불러 마주하는 그 까닭은
찻상 위 맑은 물 한 그릇에도 별 떠오르듯
은하게 물길을 건너 마음자리 밝히는 일

한지창에 머물렀던 달빛 시간도 떠나가고
고요한 한 하늘이 총총하게 열리는 때
트로이 미소년이 밝힌 아름다운 별 찾는다

가장 그리운 이름 머금는 물병자리
이 밤도 슬픔처럼 술 따르는 가니메데에게
스스로 목마른 입술 적셔주는 불멸의 별

제 5 부
뿌리의 흔적

수원화성 남수문

보아라, 태초에 이 땅은 천혜의 땅이니
정조대왕 어진 성군이 화성을 축성하고
그 숨결 착한 백성이 모여 사는 새 고을

천년 빛이 모여서 광교산이 우뚝 서고
생명수 물의 근원은 광교산에서 발원하여
화홍문 방화수류정 흘러내린 맑은 물

남쪽으로 흘러흘러 한 성곽에 이르니
남수문에 아홉 개 아름다운 홍예문에 닿고
수초 꽃 푸른 물소리 백로가 날아온다

수양버들 휘늘어진 수원 천변 거닐 때면
토끼풀꽃 애기똥풀꽃 찾아오는 새소리들
버들치 이끼도롱뇽이 또다시 돌아오는 곳

남수문 맑은 물에 꿈꾸듯 발 담그면
참 삶의 성곽도시 품어 안는 과거와 현재
화성은 효심의 얼로 무지갯빛 찬연하다

눈부신 화촉
—덕혜옹주 결혼봉축기념비 앞에서

그곳에 가 보았네
나라 잃고 시집 온 땅
조선의 황제 딸로 태어난 게 죄라면 죄
초라한 파란만장 비碑 눈물 속에 살고 있다

오늘 지천으로 활짝 핀 대마도 벚꽃
갓 스물 덕혜옹주 그날 화촉을 밝히듯
서러움 밝혀든 걸까 먼 기억을 밝힌 걸까

삶이 무겁다니
이토록 고단하다니*
말 못할 생의 무게 그늘 몇 평 드리운 채
한 역사 사루는 목숨 눈부신 화촉을 본다

* "삶이 무겁다니/ 이토록 고단하다니" : 권비영 소설 『덕혜옹주』에서 차용.

한 몸으로 얼싸안고

산 능선 타오르는 저 혼불을 보았는가
울창한 원시림 속 저 피 끓는 아우성을
살아서 푸르디푸른 저 간절한 통일을

반도의 이 뼈아픈 분계선 어둠 뚫고
마침내 이 땅 위에 밝아오는 아침 햇살
차가운 이념의 속살 뜨겁게 부빌 것을

오랜 세월 헤어진 부모형제 다시 만나
한 몸으로 얼싸안고 흐르는 강물 될 때
다시금 한겨레 되는 풀빛 희망 되는 것을

뿌리의 본적
—대마도

바람으로 떠돌던 태곳적 슬픈 섬 하나

삼나무 편백나무 아픈 실록 받쳐 올려

한 맺힌 조선통신사 만공산 문을 연다

그 누구 울분 토해 낸 꼭두서니 바다 건너

경상도 계림 땅에 속해 있던 저 대마도

왜인들 소굴이 된 게 어느 때 언제인가

목련 피고 벚꽃 피어 먼저 온 봄 때문이랴

이제야 서슬 푸른 그 뿌리의 이름으로

현해탄 절벽을 넘어 본디 땅을 찾는다

公無渡河歌

새벽강이 안개 속에 파르라니 눈 뜰 즈음

흰머리 풀고 섰는 갈대꽃 따라 가면

바람 속 공후의 노래 들리는 듯 살아온다

강 건너 떠나가는 시간의 강물 거슬러

公無渡河, 백수광부 뒷모습을 따라가며

죽어서 닿고 싶었던 公竟渡河 아득한 幻

사도세자가 쓰는 편지

아는가, 저 하늘의 막막한 서러움을, 허공에 소리쳐도
들리지 않는 목소리를
육신은 멍에 족쇄다 예감마저 단절이다

칸칸이 고인 눈물 저 모진 형벌 앞에, 돌벼랑 깎인 뼈
마디 절규마저 균열일 때
하늘에 편지를 쓴다 피눈물로 편지 쓴다

뒤주 속 갇힌 슬픔 다시 또 희망으로, 간절히 살고 싶
음이 죽어서도 다시 사는
동궁의 어린 눈빛이 피눈물로 반짝였다

가람 생가에서

생가를 지키고 선 대나무 숲 푸르르고
들판을 품에 안은 지조 있는 선비 모습
정자엔 솔바람 불어 그 한 칸도 넉넉하다

안채에 구불텅한 기둥을 세운 까닭
세상에 모든 것은 다 필요한 존재라는 뜻
힘든 일 동화되면서 헤쳐 나가며 살라는 뜻

아궁이와 가마솥에 켜켜이 쌓인 먼지
겉으로 어리석은 체 슬기를 감추는 듯
사랑채 툇마루 앉아 그 뜻을 헤아린다

수우재守愚齋 탱자나무

수우재 그루터기 혼불을 봅니다
이백 년 된 탱자나무
초가집 울타리 되어
짙푸른
녹음을 켜든
꼿꼿한 삶입니다

나무 밑동 오랜 풍상 시대를 건넙니다
뿌리 내린 깊이만큼
가시마저 선비다운
한 생애
강직한 성품
술 한 잔 올립니다

修善寺

면암 선생 순국비에 소름처럼 돋은 이끼

조선의 마지막 선비 예까지 끌려와서

단발령 항거한 목숨 그 눈빛 형형하다

그 땅 밟지 않으려 조선 흙 신발에 담고

왜놈 음식 먹지 않으려 단식을 감행하다

의연한 조선의 기개 돌비로 살아 있다

대장간

설움이 설움을 녹여 끓어오르는 불덩이
살과 뼈 다 녹여내 쇠와 불 한 몸 될 때
민초들 쇠울음 달궈
벼리고 벼린 조선낫

불씨 하나 아픔 딛고 시우쇠 두들기면
화덕은 어둠 속에서 조선불로 붉게 타고
한 시대 저 푸른 혼불
눈빛이 형형하다

안으로 안으로만 뜨거운 살 껴안으며
담금질 성근 울음 다시 우레로 울 때
이 땅은 조선 창호지 빛
새 아침이 열린다

꿈꾸는 반도

소리다 밀물이다, 떠오르는 아침 해다
방금 깨어난 이 땅 남북의 오랜 염원
경계가 사라진 가슴
햇살이 눈부시다

한핏줄 한 맥으로 살과 뼈 어루만져
상처 난 허리, 그리움 보듬어 감싸안고
눈보라 거친 비바람
숨결 트는 가슴이다

오래도록 갈라졌던 부모형제 내 고향 땅
피맺힌 오랜 객혈 울컥울컥 토해내고
한반도 뜨거운 심장
오랜 꿈이 밝아온다

삶을 내재화한 바람의 문양
그리고 삶의 자존을 세우는 바람의 뼈

오 종 문 _ 시인

1

시인은 언어의 집을 짓는 건축가인지도 모른다. 초월을 향한 다양한 삶의 거처를 짓고자 한다. 희로애락의 삶을 자르고 못질하여 사람의 영혼이 잠시 머물다 가기 좋은 시의 집을 건축하고자 한다. 경험에서 체득한 것을 상상력이란 날개를 달아 감성의 항아리에 시를 채우고 적신다. 상처 받은 마음의 치유라는 주춧돌 위에 양심적인 고백이라는 대들보를 세우고, 언어라는 기와를 얹어 시를 읽기 쉽고 감동적으로 만든다. 몽상에 지나치게 치우친 경우의 비현실성, 상상력에 너무 치우친 과장 그리고 체험에 기울어진 난삽한 기록성이라는 문제를 다 벗어난 좋은 시들은 의심 많은 독자라도 진실을 만나게 된다. 그러나 시는 한 개인이 처한 문화와 대처

해가는 개인적 목소리이다. 바로 그 단순한 이유의 잣대 하나로 시인의 역량을 가늠해서는 안 된다. 한 개인의 삶은 타자의 삶과 다르고, 온실 속 꽃의 아름다움과 야생화의 아름다움은 같을 수가 없기 때문이다. 그러나 이들을 이어주는 시는 존재의 근원적 아픔에 대한 이해와 공감이며 공유로 사람의 마음을 정화시켜 준다. 시로 사랑을 노래하고, 시적 대화로 유희를 느낀다. 진순분 시인의 세 번째 시집 『바람의 뼈를 읽다』의 시편들은 동양적 자연관과 초탈, 열린 세계관과 역사성 속에 깃든 심미성을 얼마나 잘 이해하고 있는지 확인할 수 있으며, 생의 주인이 개체가 아니라 개체는 생을 수행하는 자라는 고전적인 주제에서 출발한다.

2

호숫가 청둥오리 떼 제 집으로 돌아가는

낮은 창가 떠오른 초승달이 졸고 있는 밤

늦도록 책장 넘기며

행간 읽는 이 마음에

때론 안개 내리듯 지치고 고단한 나날도

가족의 이름들이 별을 다는 작은 그 집

두레상 보글보글 끓는

몇 그램 향기 따스한

—「따스함에 대하여」전문

인용한 시는 집이라고 불리는 내면 공간의 속성을 '따스함'이라고 말한다. 평화롭고 따스한 닫힌 공간인 동시에 가족이라는 뜨거운 생명이 피어나는 장소가 집으로, 닫혀 있음으로 드러나지 않으나 열려 있는 그 어떤 장소보다 더 뜨거운 곳이다. "호숫가 청둥오리 떼 제 집으로 돌아가는" 것처럼 자유로울 수 있고 행복할 수 있지만, 어떤 순간에는 "때론 안개 내리듯 지치고 고단한 나날"이 계속되는 닫힌 공간의 수인이 되기도 한다. 화자가 지키고자 하는 내면 공간의 집이라는 실체의 깊이에는 "가족의 이름들이 별을 다는 작은 그 집"이며, 시 속에 서술된 집의 속성은 휴식과 재생과 이해의 장소, "두레상 보글보글 끓는// 몇 그램 향기 따스한" 행복이 가득한 집이다. 그리고 그 집의 방안에서 이야기를 나누는 사람들이 바로 가족이다. 이 가족이라는 단어에는 사랑만이 아닌 모든 인간의 정을 표현하고 있다. 그 가족 속에는 부모가 있으며 형제자매와 이웃이 자리하고 있다.

아버지, 지구의 끝 보이지 않는 곳에서
내게로 그리운 화살 쏘아 올릴 때
이승은 눈물의 절반

비가 되어 내립니다

철 이른 진달래꽃 눈부시게 피었는데
오면 가면 티끌처럼 사연이 너무 많아
먹먹한 그 짧은 생에
눈물 편지 띄웁니다

—「그리운 안부」 전문

"이제 손잡을 수 없는 이승의 진눈깨비/ … / 한 평의 땅에 묻힌"(「와우리 공동묘지에서」), 이미 고인이 된 아버지에 대한 화자의 그리움이 절절하게 묻어나는 시다. "아버지, 지구의 끝 보이지 않는 곳에서/ 내게로 그리운 화살 쏘아 올릴 때/ 이승은 눈물의 절반/ 비가 되어 내"릴 정도이다. 특히 진달래꽃이 지천으로 필 때면 더욱 생각나는 아버지의 "먹먹한 그 짧은 생에/ 눈물 편지"를 띄우기도 한다. 아니 별빛이 내리는 밤이면 "이 길 밤새 걸어가면// … 아버지의// 먼 나라"(「아름다운 고뇌」)에 닿을 수 있을까 싶어 어머니에게 묻기도 한다. 역설적으로, 화자는 어머니가 더 아버지가 그리울 것이라고 말한다. 남편을 일찍 떠나보내고 "들녘에 지천이던// 풀뿌리 죽 쑤어먹고// 꽃 대궁으로 채운 허기"를 참으며 화자를 포함한 형제들을 키워 온 어머니, 그 어머니는 화자에게 "당신의 맨처음인/ 나는 숨결, 눈물, 미소"를 안겨다 준 어머니이며, "모든 것/ 다 내주고도/ 평생 바친 마음 전체"이다. 어머니란 이름은 언제까지나 화자의 혈관을 도는 이름이며,

"피 닳고 살이 마르고// 다 닳고 해진 육신/ 한 줌 흙이 될 때까지// 끝끝내/ 못 놓은 사랑/ 내 안을 밝힌 등불"(「목숨-어머니」)이다. "골진 이마에// 푸른 별이// 떨어"(「냉이꽃」)지는 초로의 나이에 "산수 좋고 공기 맑아 지내기 좋다는 곳" 남도 땅 고창에서 전원생활을 하고 계신 어머니는 "한 번도 허리 펴지 못한 우직한 삶"을 지금도 살고 계시다면서 애잔한 마음을 표현한다. 그 무엇으로도 은혜에 보답할 수 없는, 그 넓고도 깊은 은혜를 다 갚지도 못했는데 "풋고추 택배상자 속 따 넣으신 단감 몇 개"의 그 사랑과 "큰애야, 어서 오너라 여기는 詩 쓸 거 많다"(「詩 쓸 거 많다」)며 딸의 마음까지 헤아려주는 더 큰 사랑을 지금까지도 받기만 하는 화자의 미안한 마음을 시로 승화시키고 있다. 이처럼 화자의 가족에 대한 사랑은 자신에 대한 사랑이며 이웃에 대한 사랑으로, 진순분 시인의 시편 곳곳에 등장하는 가족의 소중함과 인간의 존엄성에 대한 숭고한 사랑이다. 주변의 온갖 이미지를 통해 삶은 아름답다는 것을, 세상의 그 어떤 꽃보다도 사람의 꽃이 제일 아름답고 향기롭다는 것을 보여준다. 특히 「사람의 꽃」, 「영혼의 눈」, 「영원과 하루」, 「문득, 삶이 아름답네」라는 시는 생명의 원칙 아래서 최선의 삶을 살아가는 인간의 가치가 무엇인지를 깨닫게 해준다. 인간은 삶의 고통스런 사색의 방을 거쳐서만 다시 태어나는 특별한 존재이기에, 오직 사람만이 사람을 구원하고 사랑할 수 있다고 말한다.

특히 뇌졸중 젊은 아내에 대한 남편의 지고지순한 사랑과 숭고한 인간애를 보여준 「사람의 꽃」은 삶의 가치가 무엇이고 어떤 것인지를 기교나 겉꾸밈이 없이 시로 승화시키고 있다. '애이불비'란 시어를 동원해 슬프지만 겉으로는 슬픔을 나타내지 않으려는 남편의 마음을 "먼 산으로 비껴놓고"라며 역설적으로 표현하고 있다. 부부애가 심각하게 위협받는 이 시대 "사랑을 다주고도 모자라서 안타까운// 그 마음 웅숭깊은 곳 저 숭고한 사람의 꽃"이라면서 이 시대에 필요한 진정한 부부애를 보여준다. 그리고 시각장애를 가진 남편의 눈이 되어 주는 아내의 지극한 사랑을 보여주는 「영혼의 눈」에서는, 사람의 꽃이 아름다운 것은 영혼의 눈을 가지고 있기에 가능하다고 믿는다. "눈 뜨고도 앞 못 보는 애절한 눈빛 가슴/ 영혼의 눈 깊고 깊다,/ 시리도록 눈부시다"면서 "그 마음 닿은 지층 꽃 피워 문 하늘에/ 초월한 삶을 보는 눈/ 온 세상이 다 환하다"는 긍정의 메시지를 던져준다.

그런가 하면 1998년 칸영화제 황금종려상 수상작인 〈영원과 하루〉에서 시적 모티브를 얻은 「영원과 하루」에서는 "영원을 하루같이 죽은 아내와 늙은 시인"이 등장한다. 이 영화는 죽음을 마주하고 찾아낸 삶의 의미 그리고 죽는 그 순간까지 영원히 기억되는 하루. 그것은 바로 사랑하는 사람들과 보낸 시간이 그 어떤 위대한 시어보다 아름답고 영원하다는 메시지를 준다. '하루가 내일이고 내일이 하루이고 그렇게 영원한 하루가 된다'는 것으로, 삶의 가치는 바로 흐름 속에 있다고 말한다. 아니 인생이란 가치에 대한 깨달음이고 존재에 대한 깨달음이며 시간에 대한 깨달음이라는 사실을 자각하게끔 해준다. 가까이 있음에도 깨닫지 못하는 그 무엇을 찾아가는 것이 바로 인생의 가치이며, 나와 세계의 긴장을 느끼면서 너무 늦었다는 시간에 대한 깨달음이기에, 화자는 "자신의 일상 속에 살던 것 깨달았을 때/ 행복은 가까운 곳에 또한 함께 있"다고 말한다.

포장마차 젊은 연인들

알전구 불빛 아래

밍밍한 국수 맛에도

호로록 넘기는 소리

마주친

순간의 눈빛,

문득 삶이 아름답네

　　　　　　　　　　　　　　　　　　ー「문득, 삶이 아름답네」 전문

위 시 또한 삶의 가치를, 어떤 것이 진정한 삶의 아름다움이고 행복을 어디에서 찾아야 하는지 잘 보여준다. 포장마차의 한 풍경을 통해 행복의 가치를 읽어내는 시인의 눈, 평범한 일상에서 삶의 가치를 읽어낼 수 있는 것은 화자의 마음이 그에 닿아 있기 때문이다. 마음이 열리지 않으면 결코 삶의 가치를 이해할 수 없는 것이기에 「영원과 하루」에서 보여준 것처럼, 우리가 쉽게 지나치는 것들, 세상 사람들과 어울려 살아가면서 직면하는 긴장감 그리고 시간에 대한 깨달음으로, 이것들은 멀리 있는 것이 아니라 바로 자신의 삶 속에 있다면서 "세상 꽃눈 다 틔우고 홀로 열매 맺히도록// 죽도록// 산다는 것은// 혼신으로 빛나는 것"(「새벽 별빛」)이 바로 삶이라고 말한다.

3

어느 누구도 그 자체를 볼 수는 없지만 느낄 수는 있는 바람, 우리 곁에 항상 존재하는 것으로 내 피부나 눈동자에 느껴지는 감각이고, 나뭇가지가 흔들리고 나뭇잎을 날리는 그 움직임의 배후이고, 구름을 흘러가게 하고 먼지가 일어나고 흩어지게 하는 동력이다. 이처럼 바람은 인간의 환경을 이루는 자연 현상이지만, 그것이 은유로 내면화될 때는 인간의 삶 전부를 이룬다. 그럼, 이 시조집의 표제작인 「바람의 뼈를 읽다」를 만나보자.

바람 숲은 한꺼번에 일어서고 눕습니다
그에 관절이 꺾이는 아픔이 보입니다
그 어느 마음 한 편이 바람의 뼈 읽습니다

더는 슬플 것도 괴로울 것도 없다는 듯

숲에서 빠져나온 천년의 맑은 바람
햇살들 자맥질하는 계곡물을 만납니다

청빈한 마음처럼 거위눈별 떠오르고
세상은 뜨거움만으로 사는 것은 아닌 것
촘촘한 생의 잎사귀에 단풍물이 듭니다

살아가는 일은 마냥 바람 부는 날입니다
낮은 데로 흐르는 마음들이 환해집니다
빈손이 은유를 모아 바람꽃을 피웁니다

　화자는 이 시를 통해 바람만 잘 이해해도 삶의 슬픔과 고통에서 벗어날 수 있다고 말한다. 화자는 이 사실을 알려주기 위해 독특한 사유와 부드러운 감성으로 행간마다 바람을 숨겨 놓았다. 숲에 들어 바람의 뒤를 좇으면서, 숲이 길을 내고 나무들의 직립이 고통을 동반한 삐걱거림을 감지한다. 화자는 이 바람의 담금질이 매정하지만 인간을 단련시켜 더 강하게 만들어준다는 것을 잘 알고 있다. 그렇기에 자신을 향해 불어오는 다양한 바람을 극복하기 위해 "더는 슬플 것도 괴로울 것도 없"는 삶을 살아내면서 "숲에서 빠져나온 천년의 맑은 바람"을 만나려고 한다. "세상은 뜨거움만으로 사는 것은" 아니기에 "살아가는 일은 마냥 바람 부는 날"이지만, "낮은 데로 흐르는" 환한 마음의 "은유를 모아 바람꽃을 피"우고 "촘촘한 생의 잎사귀에 단풍물"을 들이면서 살아가고자 한다. 그래서 바람으로 키운 삶은 위태로우면서도 아름답다. 아니 아름답기 때문에 더 위태로운 것이기에 바람을 잘 다스려 살아야 할 방법을 찾고자 부단히 삶을 환기시킨다. 세상에 불어오는 다양한 삶의 바람을 잘 타고, 그 바람을 잘 재우고, 그 바람을 잘 맞을 때 삶의 자존을 세우는 바람의 뼈를 볼 수 있다고 말한다. 이처럼 화자에게 바람은 다양한 이미지로 그려진다.

또한 "떠난 듯 만난 듯한 소중한 이 기억들"(「하늬바람 서성이다」)을 되살려주는 그리움의 하늬바람이 있는가 하면, "천지는 온통 꽃인데/ 늦골 사이"에 부는 바람으로, 큰 산의 외로움이 키워 낸 처절한 바람도 있다. 그리고 "한 굽이 휘어 감는 첩첩산중 기암괴벽// 떠나지도 머물지도 못하는 그 바람 속"(「한계령에 들다」)에 살고 있는 해묵은 그리움을 만나기도 하고, "쓸쓸하다 가슴치고 외롭다 눈물짓는/ 뼛속 깊이 불어오는 맑은 바람 한 점"으로 "땅 속의 잠든 생명들/ 다독이며 떠나가"(「저문 들녘에서」)는 바람을 보기도 한다. 폴 발레리의 "바람이 분다. 살아야겠다"(「해변의 묘지」)의 한 구절처럼, 존재와 비존재의 사유가 담긴 시편들이 바람의 뼈로 상징되고 은유되고 있다. "기쁜 일 슬픈 일도 한낱 파도소리일 뿐"으로 "한밤 내 바람을 키워 한 파도를 일으"(「가파도」)키는 바람으로 상징되고, 그 바람은 섬을 키우고, 그 섬은 바로 사람을 키워 낸 바람으로 은유된다. 때로는 "바람으로 떠돌던 태곳적 슬픈 섬 하나"(「대마도」)처럼 역사를 상징하는 바람으로, "그것은 산에 사는 나무와 바람 같은 일"(「나무와 바

113

람」)처럼 사유의 바람으로, "바람 속 공후의 노래 들리는 듯 살아온다"(「公無渡河歌」)는 애상의 서정적인 바람으로도 은유된다. 아니 "방금 지나온 길이 무심히 무너진다/ 순간에 불어 닥친 무모한 회오리바람"(「소금 해일」)으로 상징되며, "촉수마다 감전되는 무채색 뜨거운 전율/ 순간의 눈빛만으로/ 묻고 싶던 그대 안부"처럼 미세한 신경들이 댓잎처럼 돋아 나와 "다지고 삭인 너에게/ 네게로만 부는" 성찰의 바람으로 은유되기도 한다. 이처럼 꽤 복잡하고 난해한 감각과 인식의 결과인 바람의 뼈를 읽는 것은 현실과 그 주변을 벗어나는 보이지 않는 타자에 대한 화자의 인식이며 자존을 세우는 일이다.

    4

    그곳에 가 보았네
    나라 잃고 시집 온 땅
    조선의 황제 딸로 태어난 게 죄라면 죄
    초라한 파란만장 비碑 눈물 속에 살고 있다

    오늘 지천으로 활짝 핀 대마도 벚꽃
    갓 스물 덕혜옹주 그날 화촉을 밝히듯
    서러움 밝혀든 걸까 먼 기억을 밝힌 걸까

    삶이 무겁다니
    이토록 고단하다니
    말 못할 생의 무게 그늘 몇 평 드리운 채

한 역사 사루는 목숨 눈부신 화촉을 본다
　　—「눈부신 화촉—덕혜옹주 결혼봉축기념비 앞에서」 전문

　인용한 시는 고종의 고명딸로 태어나 비운의 삶을 살다 간 덕혜옹주 이야기이다. 1925년 일본으로 끌려가 쓰시마 섬 도주의 후예와 정략결혼, 치매로 인한 정신병원 입원, 딸 정혜의 실종, 이승만 정권 시절 고국으로의 귀국 불발 그리고 1962년 고국 귀국 후 낙선재에서 마지막 삶을 함축적으로 표현한 시다. 첫째 수에서는 덕혜옹주의 결혼봉축기념비가 나라 잃고 시집 온 대마도의 낯선 땅에 초라하게 서 있다는 대전제를, 둘째 수에서는 스무 살에 시집을 간 덕혜옹주라는 소전제를, 마지막 수에서는 비운의 삶 주인공 덕혜옹주의 결혼봉축기념비 앞에 서 있다는 결론을 도출하고 있다. 어쩌면 역사의 희생양이었을지 모를 그녀임에도 제목은 「눈부신 화촉」이다. 이는 화자의 의도적인 계산으로 그녀에게 바치는 꽃 한 송이의 헌사다. "그곳에 가 보았네/ 나라 잃고 시집 온 땅/ 조선의 황제 딸로 태어난 게 죄라면 죄/ 초라한 파란만장 비碑 눈물 속에 살고 있"는 기념비를 대했을 때 화자의 마음은 어떠했을까. "갓 스물 덕혜옹주 그날 화촉을 밝히듯" 대마도의 벚꽃은 만발해 "서러움 밝혀든" 꽃이고 "먼 기억을 밝"히는 꽃이었다. 아니 만발한 벚꽃이 화촉을 밝히는 것이 아니라고 말하고 있는 것이다. "삶이 무겁다니/ 이토록 고단하다니/ 말 못할 생의 무게 그늘 몇 평 드리운 채" 서 있는 초라한 기념비 앞에서 지난한 생을 마감한 덕혜옹주의 운명적인 삶이 오

버랩 되어 "한 역사 사루는 목숨 눈부신 화촉을" 보는 것이다. 열강에 짓밟힌 구한말의 슬픈 역사를 만발한 벚꽃과 대비시키면서 덕혜옹주의 정략적 결혼에서 비롯한 생의 아픔을 알기에 화자의 마음을 얹어 눈부신 화촉으로 미화한 것이다. 비록 "경상도 계림 땅에 속해 있던 저 대마도"가 "왜인들 소굴이 된 게 그 어느 때 언제인"(「뿌리의 본적」)지는 모르지만, 그 땅에 초라하게 서 있는 결혼봉축기념비를 통해 한 나라의 서러운 역사를, 힘 없는 나라에 태어난 한 여인의 비운의 삶을 담담하게 그려내고 있다. 이처럼 역사 속 비운의 주인공을 통해 한 시대의 역사를 투영하고 있는 작품으로 「사도세자가 쓰는 편지」가 있다.

이 시 또한 부왕 영조에게 사사된 비극적 운명의 사도세자, 27세 때 죽음을 맞이했다는 사실은 그 비극의 객관적 외형을 구성하고도 남는다. 그리고 그 죽음이 엽기적인 방식으로 집행되었다는 측면은 시로 육화하기에 좋은 소재임에 분명하다. 세 수로 된 이 시는, 조선 22대 왕 정조의 아버지 사도세자가 뒤주에 갇혀 죽어가기까지 9일 간의 상황을 함축적으로 표현하고 있다. 화자는 사도세자의 마음이 되어 아들에게 편지를 쓰는 형식으로 시를 이끌어가면서 마지막 수 종장을 "동궁의 어린 눈빛이 피눈물로 반짝였다"로 마무리하고 있다. 이는 정조가 즉위한 바로 그 날 신하들에게 내린 윤음의 첫 머리를 '아, 과인은 사도세자의 아들이다'라는 구절에 주목하고 있음이다. 이처럼 진 시인의 역사를 바라보는 시선은 다양한 곳으로 향한다. 민초의 삶을 투영한 「대장간」, 조선의 선비라 일컫는 면암 송순의 기개를 노래한「修善寺」그리고 분단된 조국의 통일을 염원하는「한 몸으로 얼싸안고」와「꿈꾸는 반도」에 이르기까지 시인의 역사에 대한 여행은 한 장소에서 다른 장소로의 여행이라기보다는 체험과 경험에서 얻은 사실을 바탕으로 한 승화된 시적 은유의 여정이라고 말할 수 있다. 진 시인의 역사에 대한 시선은 승자의 역사보다는 패자의 역사를, 아픔의 역사에 머문다. 다시는 서러운 역사를, 패배의 역사를, 아픔의 역사를 되풀이하지 말자는 메시지다.

5

그렇다. 밤하늘 반짝이는 별들의 눈물을 읽어내고, 내면의 깊은 곳에서 빛나는 상처를 읽어낼 줄 아는 진순분 시인은 자아 성찰을 위해 탁발승이 되어 끊임없이 구원의 길을 가고자 한다. 그 길을 걸으면서 "고된 삶의 굽이굽이 별빛 같은 노모 말씀"을 떠올리며 "'궂은 날 맑은 날도 다 지나간다'는 그 말"을 금언으로 삼으면서, "살과 뼈 발라 낸 목숨 마침내 흙이 되듯/ 한순간 살아있는 미물들임을 깨달을 때/ 그대로 고개를 숙여 큰절을 올리고 싶"(「따스한 순간」)은 것이다. 결국 「사는 일」이란 "씨 뿌려 싹 틔우고// 물주고 거름 주어// 꽃 한 송이 피워내고// 제 몸 비워 떨어지는// 나뭇잎"처럼 우리네 생의 한순간은 고요하게 흐르는 미완의 삶이 아니던가. 그러기에 "험준한 산봉우리도// 산맥 아래서부터// 첫 걸음이 시작되듯// 먼 산이// 아름다운 것은// 오를 수 있는 희망"

117

(「오래된 희망」)이 있기에 "지난밤 비바람에 저 나뭇가지 다 치지 않고// 산 하나를 또 울리는 더 맑은 새소리들// 이렇게 아무 일 없이 살아있음"(「나무와 바람」)에 감사한다. 인간의 욕망은 끝이 없기에 "욕망을 벗을수록 깨달음에 이르는가// 오늘 한 점 맑은 햇살 무소유의 향기 같은// 진정한 디오게네스는 이 땅 어디 있는가"(「디오게네스」)라고 반문하면서 "무거운 마음의 짐 내려놓고 산 내려올 때/ 온전히 다 버렸느냐/ 모든 것 내려놓았느냐/ 돌 하나 풀 한 포기도 놓지 못해 서성인다// 비우고 버리기 위해 힘들게 산 오르듯/ 절박한 묵언 기도/ 내가 나를 찾는 길,/ 가슴 속 붉은 속울음 화두 하나 내던"(「산, 화두」)지고 수행하면서 마침내 "단풍이 타오르듯 가슴에도 밀물져 오면/ … / 억새꽃 가을 들녘 은빛 만조가 될 때/ … / 참을 수 없는/ 눈물들을 다 버려"(「가을을 지나다」)고 떠나라고 말한다. "살아서 가벼움이란/ 모든 것/ 내려놓는 일"(「단풍나무 설법」)이기 때문이다.

이처럼 문학을 통해 창작의 고통을 받아들이고 이해하고 풀어나간 시인 진순분, 세 번째 시조집 『바람의 뼈를 읽다』 시편을 통해 품 넓은 마음으로 가족을, 이웃들의 삶을, 역사 속 비운의 주인공 삶을 보듬으면서 끊임없이 자신을 성찰하고 있다. 아니 오직 사람만이 사람을 구원한다는 메시지가 담겨 있다. 한 걸음 떨어져 세상을 바라보는 관조의 시가 아니라 세상과 더불어 어우렁더우렁 살아가는 시이다. 세상이 싫어 떠난 시인이 아니라 세상을 이해하고 세상과 만나기 위해 치열한 삶과 부딪히는 시인, 단절을 위해서가 아니라 만남을 위해 고독의 힘으로 세상을 보다 깊이 바라보고 어루만지는 눈을 통해 그려내는 삶의 문양은 각각의 고유성을 지니고 있다. 이런 시인의 품성 또한 사람들에게 그늘이 되어주는 후덕함을 가지고 있다. 그러나 거친 스타일에도 불구하고 조금만 가까이 다가가면 시에 대한 열정을 만날 수 있다. 그저 지나치기 쉬운 사람 사는 모습에서 진정한 사랑과 이해의 순간을 발견하고 그 행복을 독자에게 전해준다. 그래서 진 시인을 믿는다. 「누더기 詩」에서 밝힌 것처럼, "밤새운 남루한 몰골 행간 속 잠이 들 때// 백지에 오롯이 남은// 목숨 같은 그 시 한 줄"을 건져내 언어의 집 한 채를 세울 것이라는 믿음을 갖는다. "삶 하나// 적멸에" 들지라도 "시 한 줄 짊어지고"(「시 한 줄 짊어지고」) 가겠다는 단단한 각오를 알기에 시를 향한 꼿꼿한 자존의 뼈대를 세울 수 있을 것이라는 사실을. 불행한 사람들 속에서도, 억울한 사람들 속에서도, 외롭고 소외된 사람들 속에서도, 그리고 불화와 단절의 거리에서 일요일 아침의 햇살 같이 환한 빛을 구할 수 있으리라 믿는다.